반쪽이

글 조항록 | 그림 송유진

옛날 어느 마을에 사이좋은 부부가 살았어요.
그런데 부부에게는 아이가 없어 걱정이었어요.
"비나이다, 비나이다. 아이를 갖게 해 주옵소서."
부부는 매일매일 산신령*에게 간절히 빌었어요.
그러던 어느 날, 부부의 꿈에 산신령이 나타나 말했어요.
"우물 속에 있는 잉어 세 마리를 먹으면
아이를 낳을 것이니라."

*산신령 : 산을 맡아 보호하는 신령.

부부는 크게 기뻐하며 우물가로 달려갔어요.
과연 잉어 세 마리가 물 속에서 **팔딱팔딱** 헤엄치고 있었어요.
"여보, 어서 잉어를 잡아요."
그런데 잉어 두 마리를 잡고 세 번째 잉어를 막 건져 내는 순간,
갑자기 고양이가 나타나 잉어를 가로채 갔어요.
"야옹!"
"이 못된 고양이 같으니! 어서 잉어를 내놓지 못해?"
남편이 몽둥이를 휘두르며 **허둥지둥** 쫓아갔지만
어느 새 고양이는 잉어의 반쪽을 먹어치우고 말았어요.

아내는 잉어 두 마리 반을 먹고
얼마 후 아들 셋을 낳았어요.
"응애! 응애! 응애!"
그런데 이상하게도 제일 나중에 태어난 아이는
몸이 반쪽뿐이었어요.
귀도 하나, 눈도 하나, 콧구멍도 하나,
팔도 하나, 다리도 하나였지요.
"여보, 이 아이를 반쪽이라고 부릅시다."
"네, 우리 반쪽이를 잘 보살피며 키워요."
부부는 반쪽이를 꼬옥 안아 주었어요.

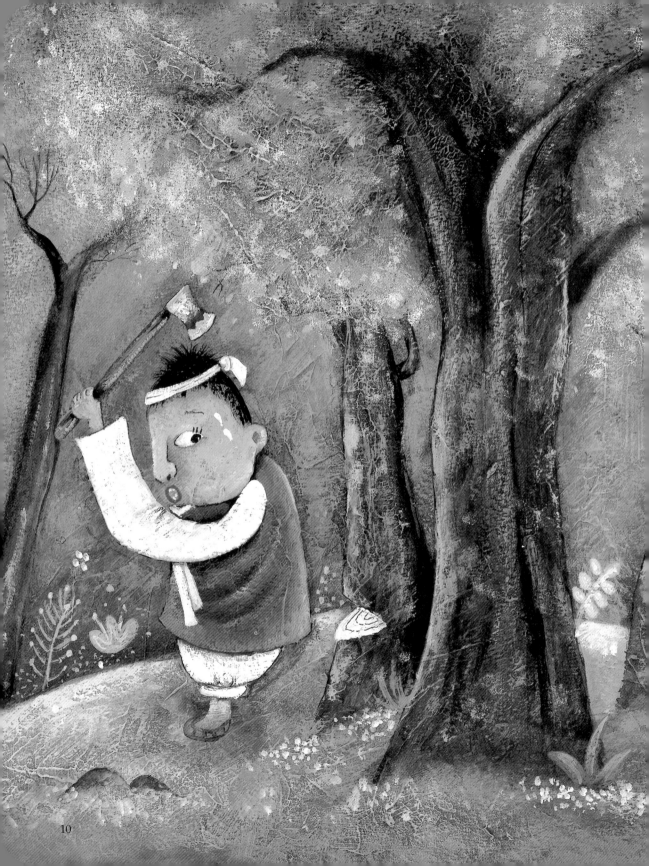

아이들은 무럭무럭 자라,
어느덧 서당 갈 나이가 되었어요.
부모님은 두 형들을 서당*에 보냈어요.
"반쪽아, 너는 서당 아이들이 놀릴 테니
그냥 집에 있거라."
반쪽이는 글공부를 하지 못해 슬펐지만,
산에 가서 나무를 하고 농사도 지으며
부모님을 도와 드렸어요.
반쪽이는 힘이 무척 세어 뭐든지 척척 해냈어요.
"흥, 힘만 센 바보!"
형들은 반쪽이를 놀리며 같이 놀아 주지 않았어요.

*서당 : 옛날 아이들이 글을 배우던 글방.

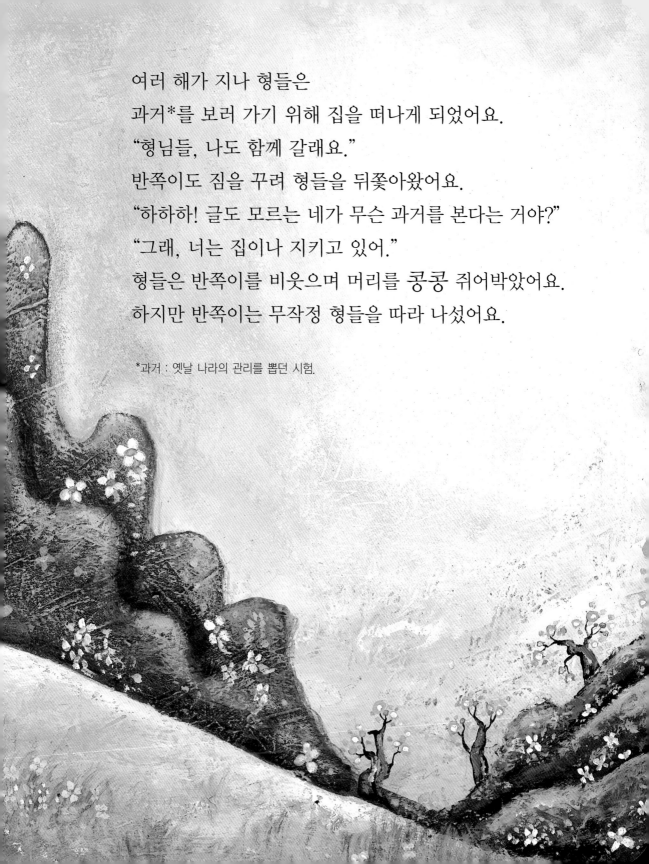

여러 해가 지나 형들은
과거*를 보러 가기 위해 집을 떠나게 되었어요.
"형님들, 나도 함께 갈래요."
반쪽이도 짐을 꾸려 형들을 뒤쫓아왔어요.
"하하하! 글도 모르는 네가 무슨 과거를 본다는 거야?"
"그래, 너는 집이나 지키고 있어."
형들은 반쪽이를 비웃으며 머리를 콩콩 쥐어박았어요.
하지만 반쪽이는 무작정 형들을 따라 나섰어요.

*과거 : 옛날 나라의 관리를 뽑던 시험.

"이 녀석, 말로 해서는 안 되겠는걸."
형들은 졸졸졸 쫓아오는 반쪽이를
커다란 바위에 꽁꽁 묶어 놓고 가 버렸어요.
"흥, 이런다고 내가 못 따라갈까 봐?"
반쪽이는 '으라차차!' 힘을 내어 바위를 쑥 뽑더니
등에 짊어지고 집으로 돌아갔어요.
그러자 어머니가 깜짝 놀라 물었어요.
"아이고, 반쪽아! 그게 뭐냐?"
"어머니께서 앉으실 바위 의자예요."

'쿵!'
반쪽이는 바위를 마당에 내려놓자마자
헐레벌떡 다시 형들을 쫓아갔어요.
"형님들, 같이 가요!"
"어휴, 저 녀석이 또 따라오네."
"나한테 좋은 생각이 있어!"
큰형은 슬쩍 나무 뒤에 몸을 숨겼다가
반쪽이가 뛰어오자 팔을 확! 잡아당겨 넘어뜨렸어요.

"아무리 힘이 세도 이번에는 꼼짝 못 할걸."
형들은 큰 나무에 반쪽이를 또 묶어 놓고 가 버렸어요.
"흥, 이까짓 나무쯤이야 문제 없어."
반쪽이는 나무를 우지끈 뿌리째 뽑더니
껑충껑충 뛰어 집으로 갔어요.
어머니는 두 눈이 휘둥그레졌지요.
"반쪽아, 그게 웬 나무니?"
"우리 집 마당에 시원한 그늘을 만들려고요."
반쪽이는 나무를 내려놓고 다시 형들을 쫓아갔어요.

"정말 끈질긴 녀석일세."
형들은 한숨을 내쉬며 반쪽이를 칡 덩굴*로
묶어 깊은 산 속에 버려 두었어요.
"형들은 왜 나를 싫어할까?"
반쪽이가 힘을 주자, 칡 덩굴이 툭툭 끊어졌어요.
그 때 어디선가 '어흥!' 하고
호랑이들이 나타났어요.

*칡 덩굴 : 칡의 길게 자란 덩굴.

반쪽이는 용기 있게 소리쳤어요.

"나한테 까불지 마. 아무도 내 힘을 당할 순 없어."

하지만 호랑이들은 콧방귀*를 뀌며

반쪽이에게 덤벼들었어요.

반쪽이는 호랑이들을 발로 **뻥뻥** 차고

꼬리를 잡고 **빙빙** 돌리다가 내던져,

눈 깜짝할 사이에 호랑이들을 모두 때려 눕혔답니다.

*콧방귀 : 코로 '흥' 하고 불어 내는 소리.

반쪽이는 호랑이 가죽을 끌고 가다
어느 부잣집 양반*을 만났어요.
양반은 호랑이 가죽이 무척 탐이 났어요.
'음, 저 바보에게서 호랑이 가죽을 빼앗아야지.'
양반은 꾀를 내어 반쪽이에게 내기 장기를 두자고 했어요.
"자네가 지면 호랑이 가죽을 내게 주게.
만약 내가 지면 자네를 사위로 삼겠네."
"좋아요. 약속을 꼭 지키셔야 돼요."
양반은 신이 나 키득키득 웃었어요.

*양반 : 옛날 지체나 신분이 높은 상류 계급의 사람.

사실 반쪽이는 힘이 셀 뿐만 아니라
장기도 굉장히 잘 두었어요.
양반이 그것을 알 리 없었지요.
"이런, 내가 도저히 못 이기겠는걸."
양반은 얼굴이 붉으락푸르락해지며
안절부절못했어요.
"자, 제가 이겼으니 약속을 지키세요."
반쪽이가 의기양양*하게 말했어요.

*의기양양 : (바라던 대로 되어) 아주 자랑스럽게 행동하는 모양.

양반은 또다시 잔꾀*를 부렸어요.
"약속대로 자네를 사위로 삼겠네.
집에 가 있다가 연락을 하면 오게나."
양반은 집으로 돌아가 하인들에게 단단히 일렀어요.
"반쪽이가 얼씬거리지 못하게 잘 지키게."
하인들은 며칠 밤을 뜬눈으로 새우며 집을 지켰지만
시간이 흐를수록 꾸벅꾸벅 졸았어요.
양반에게 속은 것을 안 반쪽이는
어느 날 밤 부잣집 양반의 담을 슬쩍 넘었어요.

*잔꾀 : 자잘한 약은 꾀.

'약속을 안 지키면 내가 직접 색시를 데려와야지.'
반쪽이는 잠든 하인들의 상투를 서로 묶어 놓거나
머리에 떡시루*를 씌워 놓기도 했어요.
양반의 딸을 업고 나오면서 반쪽이가 소리쳤어요.
"반쪽이가 색시를 데려가요!"
하인들이 깜짝 놀라 잠에서 깨자
한바탕 난리가 나고 말았어요.
"으악, 누가 내 상투를 잡고 있어!"
"세상이 온통 캄캄하잖아!"
마침내 반쪽이는 양반의 딸과 결혼하여
행복하게 살았답니다.

*떡시루 : 떡을 찔 때 쓰는 그릇.

31

반쪽이

내가 만드는 이야기

아이들이 들려 주는 이야기를 들어 본 적이 있나요?

그 이야기 속에는 아이들의 무한한 상상력과 창의력이 담겨 있음을 발견하게 될 것입니다.

번호대로 그림을 보면서 앞에서 읽었던 내용을 생각하고,

아이들만의 상상력과 창의력이 표현된 이야기를 만들어 보게 해 주세요.

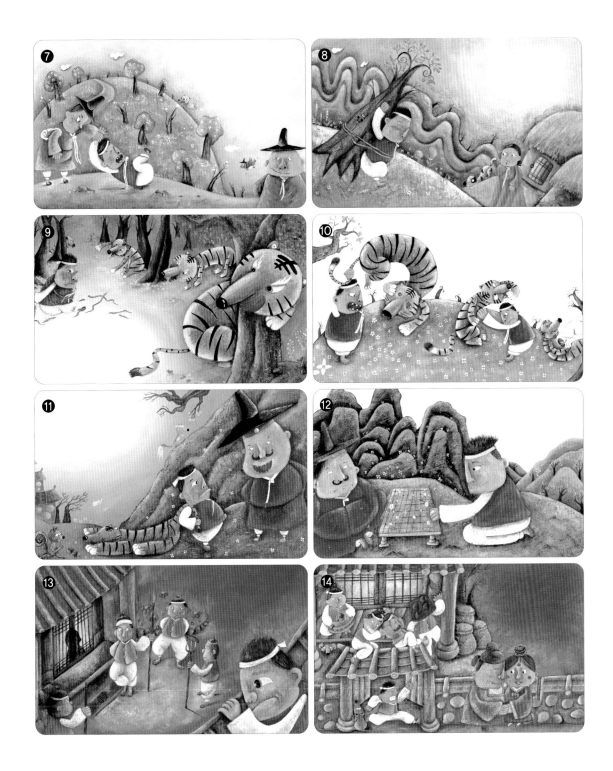

반쪽이

옛날 옛적 반쪽이 이야기

옛날 어느 마을에 사이좋은 부부가 살았습니다. 부부는 오랫동안 아이를 갖지 못해 언제나 신령님께 간절히 빌곤 하였지요. 그러던 어느 날 꿈 속에 신령이 나타나 우물에 있는 잉어 세 마리를 먹으면 아들을 낳을 수 있다고 말해 주었습니다. 부부는 우물에서 잉어를 꺼내지만 마지막 한 마리를 잡는 순간 어디선가 고양이가 뛰어나와 잉어의 반쪽을 먹어 버렸지요. 그렇게 해서 잉어 두 마리 반을 먹은 아내는 세 아들을 낳았습니다. 그러나 한 아이는 귀, 눈, 콧구멍, 팔, 다리가 모두 하나씩이었죠. 부부는 아이의 이름을 '반쪽이'라고 짓고 정성껏 키웠습니다.

세월이 흘러 형들이 과거를 보러 가자 반쪽이도 함께 따라 나섰어요. 반쪽이는 형들이 계속 쫓아 내도 이에 굴하지 않고 꿋꿋이 따라갔지요. 그러다가 반쪽이는 호랑이를 때려잡아 호랑이 가죽을 얻었습니다. 그리고 부잣집 양반과 내기 장기를 두어 예쁜 색시를 얻어 집으로 돌아왔습니다.

눈도 하나, 귀도 하나, 콧구멍도 하나, 팔도 하나, 다리도 하나인 반쪽이는 약자의 입장을 대변합니다. 약자인 반쪽이가 어려움을 극복하고 행복을 찾는 주인공이 되어 마침내 잘 살게 되었다는 내용은 우리 아이들에게 어려움에 맞서 자신의 꿈과 희망을 개척해 나갈 수 있도록 용기를 북돋워 줍니다. 또한 놀림만 당하던 반쪽이가 부모로부터 독립하여 당당하게 가정을 꾸리는 이야기는 아이들에게 독립심을 상기시켜 주기도 합니다.

▲ 예부터 아들을 낳는 태몽과 관련된 동물이라 하여 반겼던 잉어.